追花

小爱 编绘

天津出版传媒集团

天津人民出版社

图书在版编目（CIP）数据

追花 / 小爱编绘 . —天津：天津人民出版社，
2016.7
ISBN 978-7-201-09723-7

I. ①追… II. ①小… III . ①寓言—作品集—中国—
当代 IV. ① I277.4

中国版本图书馆 CIP 数据核字（2015）第 237717 号

追花 小爱 编绘
ZHUI HUA

出　　版　天津人民出版社
出 版 人　黄沛
社　　址　天津市西康路 35 号（300051）
邮购电话　022-23332469
网　　址　http://www.tjrmcbs.com
电　　邮　tjrmcbs@126.com
责任编辑　张璐
特约编辑　金晓芸

特约编辑　陈可　张树
装帧设计　张树　陈艳晖
策划统筹　广州凌速文化发展有限公司
　　　　　地址 / 广州市农林下路 81 号新裕大厦 12 楼 K 室
　　　　　电邮 / iec2013@163.com

制版印刷　中华商务联合印刷（广东）有限公司
经　　销　新华书店
开　　本　787×1092 毫米　1/16
印　　张　5.5
插　　页　4
字　　数　80 千字
版　　次　2016 年 7 月第 1 版　2016 年 7 月第 1 次印刷
书　　号　ISBN 978-7-201-09723-7
定　　价　48.00 元

目录

Contents

蜂 & 花

在一个繁花绽放的季节，

小蜜蜂长大了。

"邂逅美丽的花朵，传递幸福的情信……"
她哼着歌，飞出了蜂房。

她遇见了最美的花。

她说："你是我见过最美的花了，
我能为你传递情书么？"

花说："没有一朵花能配得上我。"

6

小蜜蜂失落地飞走了。

所有的蜜蜂都在忙碌着，

只有孤独的小蜜蜂缩在角落。

最美丽的花，你现在有喜欢的人了么？

"不，没有。"花回答。

……秋天来了。

"他真英俊。"花说。

"我喜欢他，请帮我送信。"

"小蜜蜂，你在哪里？"

小蜜蜂，你在哪里？
……

惜　花

下午的阳光和往常一样，轻柔地投射在这间小花店里。

兰花、玫瑰、雏菊等各种新进的娇嫩花朵，
被女主人精心打理后摆到了柜台上层。

"你们从哪儿来？"
角落里传来一个稚嫩又可爱的声音。

一株小铃兰从房间里怯生生地挪到大家眼前，
两只手有点儿紧张地背在背后。

21

"从哪儿来？我从一个充满诗情画意的小镇来。那儿的街道上每天都飘扬着歌声，姑娘们个个美丽高挑就像芭蕾舞演员。"一株举止优雅的车矢菊说。

她顺势抖了抖象征高贵身份的蓝色花瓣。

"真好，那儿的人一定很喜欢你吧？"
小铃兰说着，似乎沉浸在幻想里。

那样子就好像她听到了街道上的音乐，
看到了跳着舞的姑娘。

"当然！姑娘们用我占卜是否会与命中注定的人相遇。"
车矢菊对小铃兰的问题感到有点儿不可思议。

"您的身份太尊贵了！"
小铃兰钦佩地说。

"你们呢？"
小铃兰转过身看着一对可爱的玫瑰兄弟。

"我们么？我们来自一个牛棚旁的花窖里。"

这时，车矢菊脸上流露出的一丝蔑视
让他紧接着说出后面的话：
"不过！若说到尊贵，我们的哥哥们
可都是被做成了求婚的花束呢！"

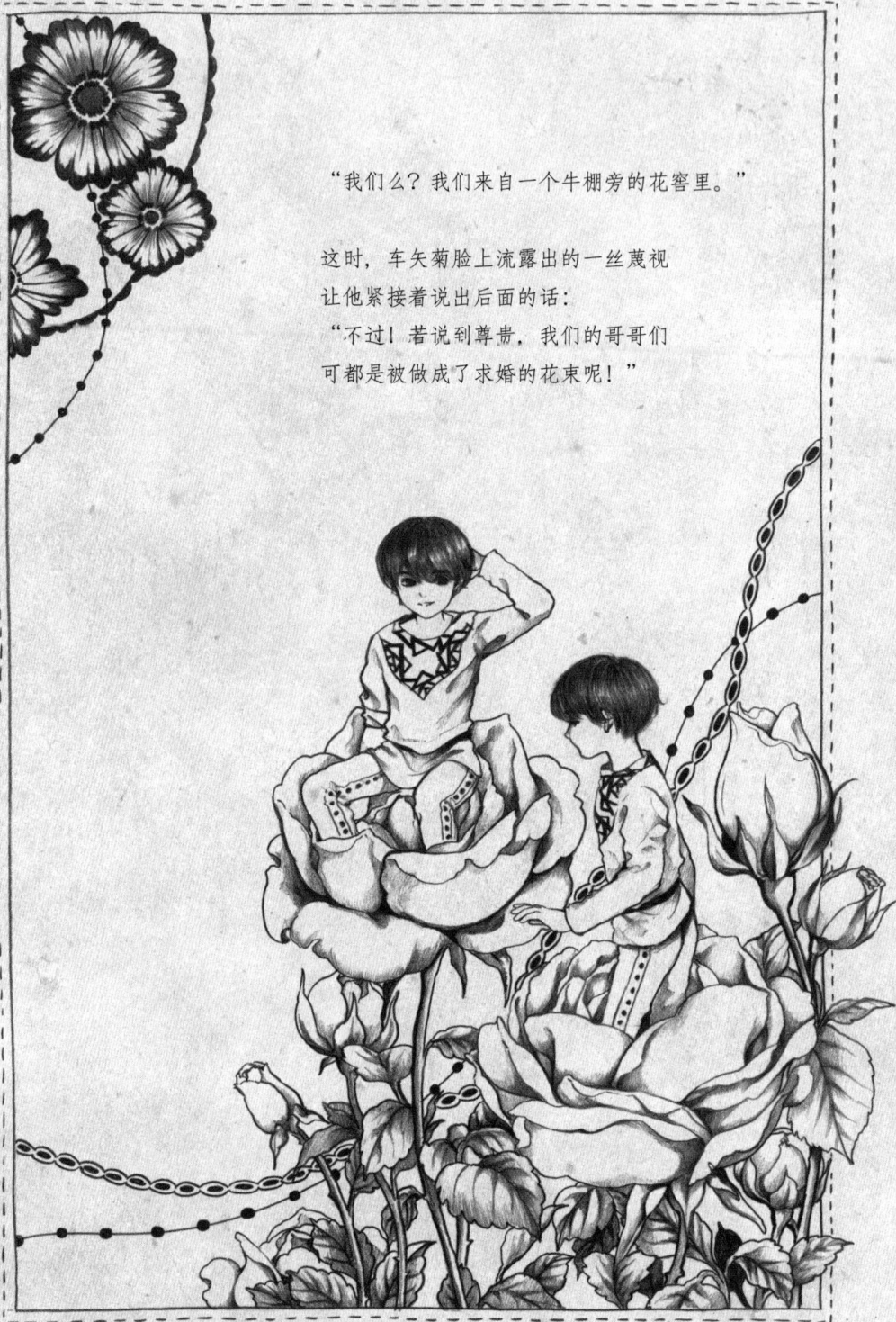

"听说姑娘们全都非常开心地答应了求婚，这都是我们的功劳！"
他说到最后使劲昂了一下头。

"是啊是啊！"小铃兰在一旁使劲地点着头，难掩羡慕的神情。

"小铃兰，那么你从哪儿来？"
在各种花朵争相回答完后，一株郁金香问道。

但许久没有听到回答，
只是看到小铃兰的头越埋越低。

"我……我来自墓地。"
她用最小的、几乎听不到的声音回答。

但很明显她的这句话所有的花都听到了，
他们的神情都有些不自然。

"真可怜，听说那儿气氛阴森，
夜晚更是恐怖极了。"
一株兰花说。

"才没人会想买一株没有高贵血统的花，
况且她还来自墓地！"
一对并蒂的栀子花小声地互相耳语着。

"所以，她才会被放在房间里，
上不得这高级的柜台吧。"
雏菊用恍然大悟的夸张表情自言自语。

见场面有些尴尬，谁也没有再多话，
大家各自打理起枝叶来。

日子这样一天天地过去了，
有些花被买走，然后又陆续地来了很多花。
但关于小铃兰来自墓地这条消息，
却成了到这里的花儿皆知的秘密。

小铃兰依旧被放在房间的窗台旁，
看着女主人略带疲惫的脸庞，迎着对面新来旧往高贵的花儿们。

直到有一天，
一位年轻的先生走过花房，
看到窗前的这盆铃兰。

他向女主人询问那盆铃兰的价格，
但意外的是，女主人看起来并没有很高兴，只是说铃兰不能出售。

几番请求后，女主人依然坚定地拒绝了他。

年轻先生对女主人的态度很是吃惊，这只不过是一盆再普通不过的铃兰而已。

"为什么呢？"他忍不住问。

看到竟然有人要买小铃兰了，店里的花儿们纷纷探身好奇地观望。
连已经有些枯萎的满天星都使劲抬起头来。

听到女主人一次次地拒绝后年轻男子的问话，
他们立刻竖起了耳朵。

"因为，它生长在我丈夫的墓地上！
对我来说这世上没有任何一株植物
比她更珍贵！"

女主人表情忧伤但坚定地回答道。

此时房间里所有的花都沉默了……

从小铃兰低垂的铃铛花朵里，洒下了滴滴晶莹的露水。

后来，小铃兰依旧被放在窗台旁，每天看着女主人和对面的花。
而那里，现在成了店里所有花儿们最羡慕的位置。

恋花

这一次，可不可以为我留下来……

Chasing
the
flowers

追花

从前，在遥远的东方有一个神秘富饶的王国。
它由一位年轻的王子统治着。

和所有的传说一样，
王国的故事被音乐家们编成了歌，
传唱在充满歌姬的宴席上，
散布在商人们的旅途中。

歌里描绘了豪华绮丽的宫殿、
样貌英俊的王子、
空气里飘散的醉人酒香和一望无际的绿野花海。

这美丽国度的臣民，在慷慨赞美的同时，
却深深敬畏着他们无比骄傲善变的王子。

他的眼睛像永不会融化的冰，
心思像缭乱在旷野的暴风，
若他突然讨厌上了太阳，
王国里便不许出现金色且闪亮的东西了。

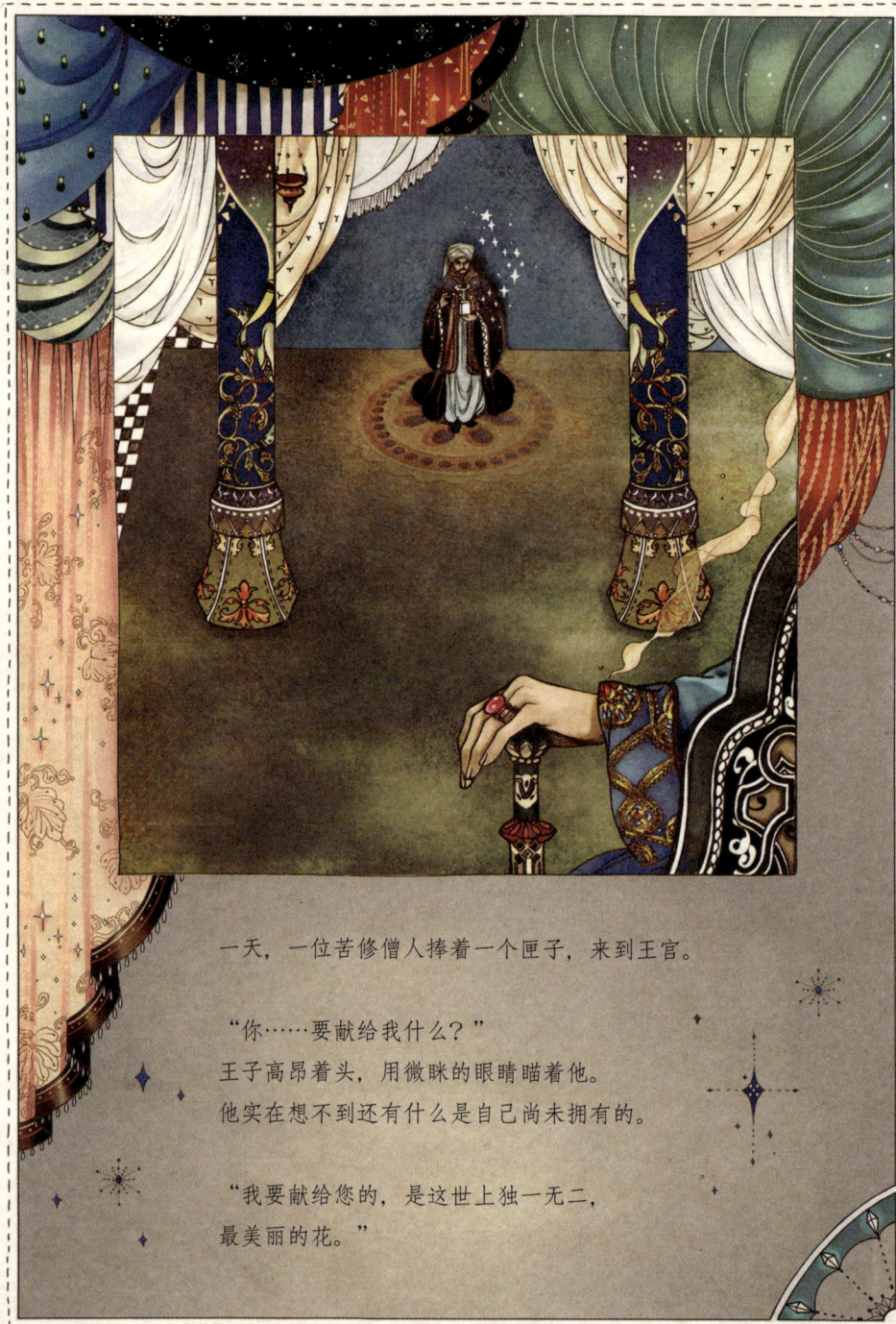

一天，一位苦修僧人捧着一个匣子，来到王宫。

"你……要献给我什么？"
王子高昂着头，用微眯的眼睛瞄着他。
他实在想不到还有什么是自己尚未拥有的。

"我要献给您的，是这世上独一无二，
最美丽的花。"

苦修僧说着打开了匣子。

里面是一株散发着淡淡幽香的含苞植物。
它的叶子饱满圆润，像是碧绿的宝石，
花苞如彩虹一样随着光线微微变换着颜色。
细细的花蕊轻垂在外，像是从花心里吹出的小火星儿。

王子让人把花放到他的寝宫里，很期待她绽放后美丽的样子。

可日子一天天过去，花儿却看起来丝毫没有要开放的迹象。

他让最有名的园丁来打理，让最精巧的工匠为花制造器皿。

但花依旧还是含苞的样子。

他绞尽了脑汁，用尽了方法，只是一株植物，却轻而易举地践踏了王子的骄傲。

"不！没有什么可以不听我的命令！她必须为我开放！"
王子有些气急败坏地说。

既然是独一无二的奇花，
一定不会甘愿与平凡的植物生息在一起吧。

王子像是顿悟了花的心思，
立刻召集了成千上万的劳工，
铲除皇家园林里被悉心照料的花草。

原来摆满清新百合花的楼台，被淡黄色小花环绕的金竖琴，
此刻显得格外孤独凄凉。
就在不久之前，这位高傲的王子还在这里踱步，
感叹只有这样雅致气派的园林，才配得上皇家。

"现在，在这园林里，
我只守着你一个，
你愿意为我开放了么？"
王子说道。

但他的口气听起来并不像在问，
更像是在命令。

花没有回答，西风吹来，花苞微微地摆动着，
像是高傲地摇着头。

一只巨大的白鸟从远处飞来，
突然叼起了花儿，
然后顺着西风朝茫茫天空飞去了。

在场的人们睁大了眼睛，还没明白过来发生了什么。
现在，这花就要永远地消失在天边了。

"追！追上她！不管她落到天涯海角，都必须让她为我开放！"
王子急急地追上去，身边只跟着几名麻利的贴身随从。

一行人越过茫茫的原野，穿过野兽出没的山丘，绕过满是沼泽的灌木林……
王子像是着了魔，没日没夜地盯着天上的那只鸟。
但那鸟儿却丝毫没有要停歇的意思。

王子只顾着天上的目标，全然看不到眼前的境况。
这让随从们非常担心。

接着他再也找不到鸟的影子了。
它融入墨蓝色的夜空里，就好像从来没有出现过一样。

无论随从们怎么劝阻，王子还是下令继续寻找。
在漫天大雾的林中，他终于和随从们失散了。

已经追了多久，还要追多久，还要往哪儿走？
他不知道。

但是找下去的信念，却丝毫没有动摇过。

"让我回到他身边吧。"
花对鸟儿说。

"希望你的选择是对的。"

鸟说着,
轻轻放下了花儿……

王子对于花儿的失而复得，既惊喜又感动。

"你……肯为我开放了吗？"王子追问。

花却和从前一样，不愿言语，只是花苞隐隐地摆向前方，
似乎她有想要到达的目的地。
"我会带你到那儿去的。"王子和从前一样，决策丝毫不带犹豫，
只是语气里似乎透露出不曾有过的温柔。

在昏黄的石林与偶见枯萎灌木的荒漠中，王子带着花儿一路前行。

他不知道到底要去哪儿，他的眼里此刻只有花儿。

"也许，他就要放弃了吧……毕竟，他只是一个养尊处优的王子，

谁也不知道这样的辛苦他还能承受多久，

也许就是明天，也许就是下一刻。"

花儿这样惴惴不安地想着，有些后悔谴走了鸟。

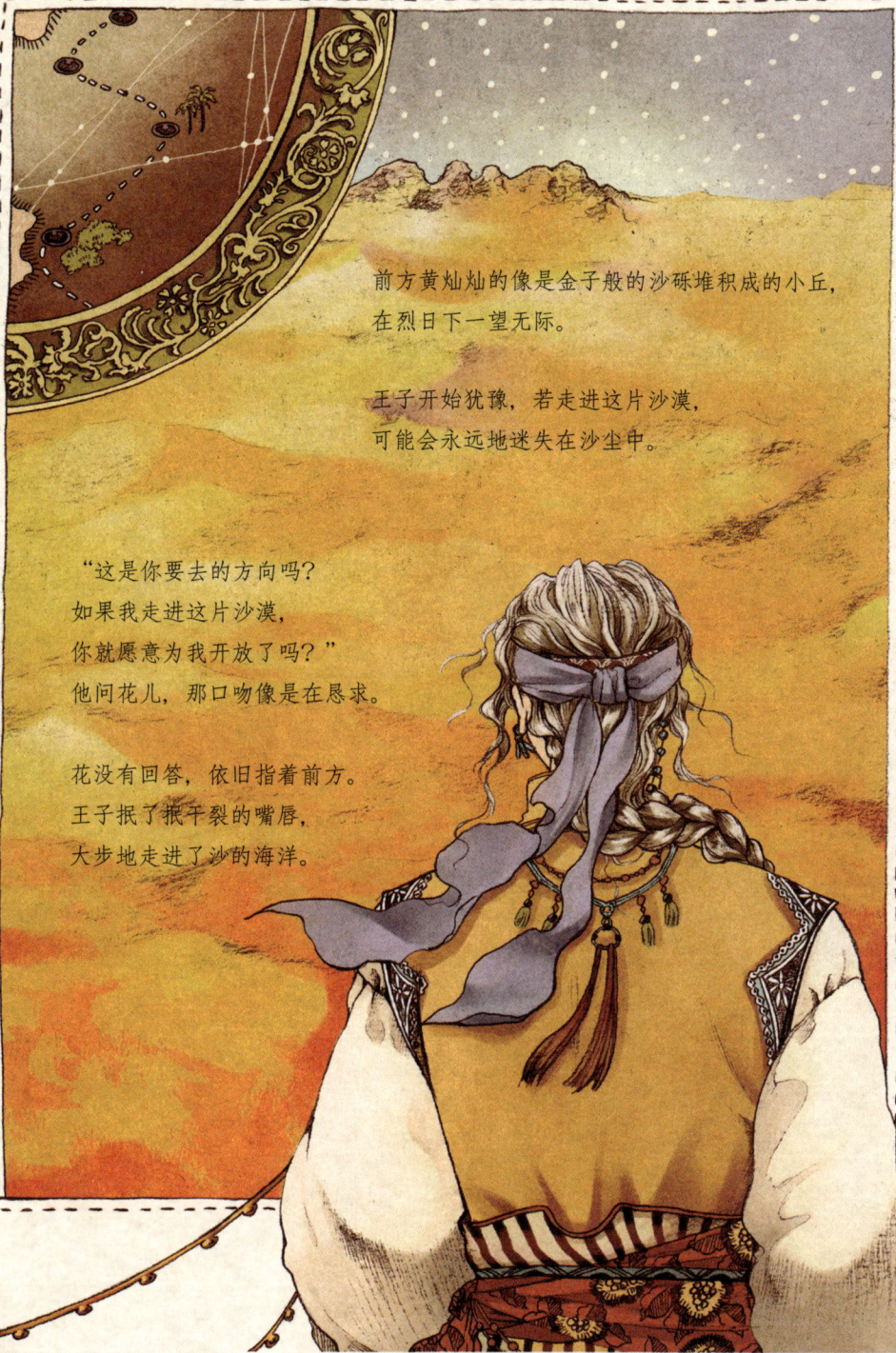

前方黄灿灿的像是金子般的沙砾堆积成的小丘，
在烈日下一望无际。

王子开始犹豫，若走进这片沙漠，
可能会永远地迷失在沙尘中。

"这是你要去的方向吗？
如果我走进这片沙漠，
你就愿意为我开放了吗？"
他问花儿，那口吻像是在恳求。

花没有回答，依旧指着前方。
王子抿了抿干裂的嘴唇，
大步地走进了沙的海洋。

71

太阳落下去，沙漠里冷极了。
王子缩在行李杂物中，靠着疲惫不堪的骆驼。

他似乎已经习惯了这样没日没夜地赶路，
看着花儿随着光线变换颜色的轻柔花瓣，
想象着她绽放时美丽的样子。

花儿也早已习惯了王子关切的目光，
她觉得那幽深湖水般的眼睛里，透露出的是一种深沉的爱情。

终于，在一个临近日出的时刻。王子发现了一片沙漠中的绿洲。
云朵间太阳丝丝的光线照耀在水面上，像是腾起无数璀璨的星星，闪闪发光。

他再也走不动了，踉跄着扑倒在湖边。

慢慢地，花儿在水岸边扎下了根，
花蕾开始慢慢绽放，里面的小星星轻摆着。

她水中的倒影像是被施了魔法，
在王子疲惫酣睡的身旁，闪烁着艳丽的光彩。

花儿终于为王子而开放了……

她没有想到，王子竟然可以千辛万苦地把她带回家乡。

她已绽开了整个花朵，抖擞了饱满发亮的叶片，
期待着王子醒来后看到自己美丽的模样。

此时，远处传来匆忙奔跑的脚步声。

原来是王子的一名随从追上来了。

他唤醒了脸色惨白的主人，
递上干净华丽的衣物
和淡水与食物。

王子终于彻底清醒过来了，
他的目光停留在身旁
悄然绽放的花儿身上。

阳光下，花瓣顶端的淡淡鹅黄色似乎变得透明，
花朵里还有一层珠光白的小骨朵也缓缓打开了。
"这世界上最稀有、最美丽的花，终于肯为我开放啦！"
王子骄傲地叫起来。
"不仅如此，我尊贵的主人……"
随从雀跃地补充道——

"您收获了一个世界上最美丽的花园。"随从说着指向前方。

王子抬起头，视线迎上无尽的花海。
围绕着湖水，岸边长满了和面前花朵一样——"独一无二"的植物。
那成片的鹅黄、簇簇的粉红、丛丛的嫩绿交织成彩色的画卷，
向四周延伸而去。

刚刚从他眼睛里发出的快乐神采瞬间暗淡下去。

西风吹过，湖面上飘来阵阵独特的花香，
萦绕在王子身旁。
这香气和他的花儿一样，但是浓郁了百倍。

"主人把她带回王宫后，
看过她的人一定都会惊叹她的美丽吧？"
随从边问边收拾着行装，
准备盛放花的陶罐。

王子没有回答。

他就半蹲在那里，
安静地看着花儿。
没人知道他在想什么。

他们就这样彼此凝望着，
仿佛过了很久很久……

"回去吧。"
王子突然起身对随从说道。

"不必带着她。"
王子骑到骆驼上，命令着。

急忙跟上的随从，
还是和刚出发时一样迷茫。
他不懂得其中的道理，
但这位善变王子的行为，
从来就没有什么道理可言。

风沙扬起，他们踏上了回宫的旅程。
随从忍不住转身，远远回望。

满是花丛的绿洲，植物环绕着清清湖水。
那朵曾被王子无比珍视的花儿，
混在千千万万株相同的植物里，
再也分辨不出了。

花海中，

传来一声轻得不能再轻的，
小小叹息。

创作感言

蜂 & 花

是不是人人都有执念的事物呢？

执着于得到别人认可的成就感？
执着于保持与众不同的骄傲？
执着于不可转移的自我原则？
执着于飘忽难控的浪漫情节？

某个时间节点到来，或是青春不在，或是形势已去，
曾经的执着似乎变得毫无意义。

但，那个执着的过程不值得吗？
真的可怜、可笑吗？

终归，执着还是放弃都无所谓对错，
只是关乎选择而已。

惜花

一块手表——金的、银的、名家制的、镶钻石的；
都不及盒子里那块已经不走字的皮面发黄的旧手表，
因为那是他 18 岁时初恋女友送的。

一条裙子——精致的、流行的、名牌的；
不及箱底压的那条充满年代感的旧衣，
因为那是她第一份工作时，妈妈为她买的"战斗服"。

什么是贵重的？
我相信最终绝不是由售价、材质、血统这些来判定的，
应该是它背后所代表的意义。

恋花

三色堇，花语是"思虑、沉默不语、请想念我"。

有一种爱情大概就是这样吧？
后知后觉，兜兜转转。
离别大过于相守，
想念大过于相依。

终于有一天，累了倦了漂泊，
回到原点。
那个人还在，
太好了……

追花

与前三篇故事相隔了3年，也是本书唯一的全彩内容。
（抱歉，让大家久等了。）

绘制过程中，经历了至亲的病逝。
尤记得在小边桌上修改着线稿，盯着手机。怕电话响起，
怕听到让人绝望的消息。
后半篇是直到完成了葬礼，才陆陆续续画出来。
本是一个平实的小故事，也许随着当时的状态，不小心
带了些忧伤的情绪在里面。

做好分镜的时候，我想得好好的：我要在后记里说过了
3年我成熟了很多。
可当我完成的时候，经历了更多，才发现远没有自己想
得那么成熟。
面对变故我会慌、面对离别我措手不及、面对命运我无
能为力。

很多时候，让我们长大的绝大部分是痛苦的经历，但无
法拒绝，甚至不知它何时来临。

· END ·